Bereits erschienen:

978-3-8157-5580-8

978-3-649-60886-8

978-3-649-61444-9

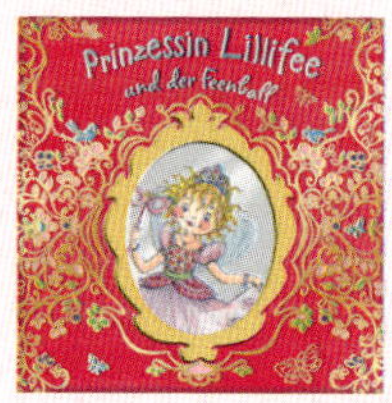

978-3-649-61673-3

978-3-649-61786-0

978-3-649-62360-1

978-3-649-62295-6

978-3-649-67028-5

5 4 3 2 1   23 22 21 20 19
ISBN 978-3-649-63188-0

Text: Burkhard Nuppeney

www.coppenrath.de

MIX
Papier aus verantwortungsvollen Quellen
FSC® C020056

Prinzessin Lillifee
in der Tierklinik

Von Monika Finsterbusch

COPPENRATH

Über Rosarien hingen seit Tagen dicke schwarze Wolken. Es regnete ununterbrochen. Die Tiere bekamen nasse Pfoten und die Blumen versanken im matschigen Boden. Prinzessin Lillifee verzog das Gesicht. Sie war unglücklich!
„Bei diesem Wetter kann ich nicht in den Garten zu den Tieren. Morgens kann ich die Blumen nicht wachküssen, ich kann nicht mit meinen Freunden im See baden und auch nicht draußen vor dem Blütenschloss spielen. Wie langweilig!"
Traurig vergrub sich Lillifee in ihren Sessel, aber auch das half nicht – nicht mal ihr Lieblingsbuch interessierte sie. Da kamen die Mäuse aufgeregt ins Zimmer gelaufen.
„Lillifee, schau mal, wer draußen auf dem Fensterbrett hockt!"
In der Dämmerung sahen sie am Fenster einen großen bunten Vogel, dessen Federn durchnässt an seinem Körper klebten. Prinzessin Lillifee öffnete das Fenster und trug den Vogel ins Zimmer.
„Der Arme ist ja völlig erschöpft", sagte sie mitleidig. „Los, Clara und Cindy, holt bitte ein Handtuch und den Föhn!"
Gemeinsam trockneten sie den Vogel.
„Wie heißt du denn?", fragte Lillifee. „Und woher kommst du?"
„Ich heiße Filou", antwortete der Vogel matt, „und komme von weit her – aus Tikitan."
„Tikitan?", wunderte sich Lillifee. „Noch nie gehört."
„Es ist ein wundervolles Land", seufzte Filou, „dort ist es das ganze Jahr sonnig und warm. Es gibt wilde Tiere, viele bunte Blumen und riesige Bäume mit immergrünen Blättern."
„Wie schön!", gähnten Cindy und Clara.
Lillifee bemerkte, dass den beiden Mäusen die Augen zufielen. „Los, ihr Lieben, es ist schon spät! Ab ins Bett mit euch! Ich bin auch sehr müde und Filou kann sich nach all der Aufregung kaum noch auf den Beinen halten."
Sie baute Filou ein Nest aus vielen Kissen direkt neben ihrem Bett.

Prinzessin Lillifee war sehr aufgeregt wegen ihres fremden Gastes. Doch endlich schlief sie ein und träumte die ganze Nacht von Tikitan, dem geheimnisvollen Land.
Am Morgen wachte sie fröstelnd auf. Filou hatte ihr mit seinem großen Schnabel die Bettdecke weggezogen. In diesem Moment streckte Filou seine Flügel.
„Guten Morgen, Lillifee! Ich mache mich jetzt auf den Weg. Vielen Dank für alles!", krächzte er.
„Warum hast du es so eilig?", fragte Lillifee verwirrt.
Filou antwortete zögernd: „Ich ... äh ... Wie soll ich das beschreiben? ... ich spüre so ein komisches Kribbeln im Bauch. Und mein Herz klopft wie wild."
„Hast du Fieber?", fragte Lillifee besorgt und berührte seine Stirn.
„Fieber? Nein, ich glaub ... ich bin verliebt", stotterte er.
„Verliebt?", staunte Lillifee. „In wen denn? Lebt sie hier in Rosarien?"
„Nein, das ist es ja: in Tikitan!", dabei verdrehte er die Augen. „Ich bin nur hier, weil ich nach einem besonders schönen Geschenk für sie suche, nach etwas, das schön funkelt."
„Verstehe!", schmunzelte Lillifee und dachte nach. „Wie wäre es mit einer Feder?"
Sie lief zu ihrer Schmuckschatulle und holte eine glitzernde Federbrosche heraus.
Filou war begeistert: „Toll! Damit kann ich sie bestimmt beeindrucken! Ach, Lillifee, du solltest mal meine geliebte Florina sehen – sie ist der liebste, schönste und beste Vogel der Welt und ich vermisse sie so. Komm doch einfach mit mir nach Tikitan, hier verpasst du sowieso nichts!"
„Eine prima Idee!", freute sich Lillifee. „Ich wecke schnell die anderen."
„Nein, lieber nicht", sagte Filou verlegen, „dass Florina und ich verliebt sind, weiß außer dir noch niemand ..."
Lillifee nickte verständnisvoll, zog sich an und schrieb einen Zettel für ihre Freunde:
„Macht euch keine Sorgen! Ich komme bald wieder. Kuss, Lillifee".
Schon flog sie mit Filou los. Es wurde heller, der Regen hörte auf, die Landschaft unter ihnen veränderte sich, es wurde wärmer und bunter. Lillifee staunte über die wechselnde Landschaft, die Wasserfälle, die wilden Flüsse, die riesigen Bäume und die vielen bunten Blumen.
„Paradiesisch!", dachte sie. „Fast so schön wie Rosarien, wenn es nicht gerade regnet."
Da hörte sie das aufgeregte Krächzen von Filou: „Lillifee, das ist meine Heimat: Tikitan!"

Filou landete auf einer Lichtung mitten in der Wildnis.

„Na, was sagst du jetzt? Ist es nicht einfach wunderbar hier?", fragte er mit stolzgeschwellter Brust.

„Ja, das ist es", sagte Lillifee lächelnd, „und ich bin sehr neugierig auf Tikitan. Zeigst du mir jetzt alles?"

Doch Filou trippelte unruhig auf und ab. „Ach, Lillifee", seufzte er, „wir sind doch gerade erst angekommen. Ich möchte zuerst einmal zu meiner geliebten Florina. Sie wundert sich bestimmt schon, wo ich bleibe ..."

„Aber dann kommst du zurück, oder? Was soll ich denn hier ohne dich?", fragte Lillifee.

„Keine Sorge, Lillifee!", beruhigte er sie. „Gleich dort hinten triffst du Moma mit ihrer Familie, sie ist eine Freundin von mir und wird sich um dich kümmern."

Filou nickte ihr zu, breitete seine Flügel aus und flog los. „Ich komme bald wieder!", krähte er, während er zwischen den grünen Blättern verschwand.

„Und wer ist Moma?", rief Lillifee dem Vogel hinterher, aber der war schon nicht mehr zu sehen.

Lillifee schaute sich vorsichtig um. Sie hörte von allen Seiten merkwürdige Geräusche und blitzten da nicht überall Augen? Ganz fest hielt sie ihren Zauberstab umklammert und ärgerte sich ein wenig über Filou. Wie konnte er sie einfach so allein lassen?

Vorsichtig lief sie den Pfad entlang durch den dichten Dschungel mit den gewaltigen Bäumen, die bis in den Himmel ragten.

Da hörte sie ein Kreischen und Lachen. Sie folgte den Stimmen und kam zu einer kleinen Lichtung. Dort entdeckte sie oben in den Baumwipfeln eine Horde junger tobender Äffchen. Sie kicherten, jagten sich gegenseitig von Ast zu Ast und rutschten übermütig die langen Lianen herunter. Die Äffchen waren so in ihr Spiel vertieft, dass sie Prinzessin Lillifee zunächst gar nicht bemerkten.

„Die sehen aber niedlich aus", dachte Lillifee und winkte freundlich. „Hallo, ihr da, wisst ihr, wo ich Moma finde?"

Aber die Äffchen reagierten überhaupt nicht auf ihr Rufen. Sie waren zu sehr mit ihrem wilden Fangenspiel beschäftigt und warfen sich beim Klettern und Hüpfen gegenseitig Kokosnüsse zu.

„Du kennst Moma nicht? Die kennt doch jeder!“, kicherte plötzlich eine Stimme hinter Lillifees Rücken.

Völlig überrascht drehte sie sich um. „Ich aber nicht!“, wollte sie antworten, da kam auf einmal etwas auf sie zugeflogen. Lillifee versuchte noch auszuweichen, aber sie war nicht schnell genug und schon wurde sie von einem harten Gegenstand am Kopf getroffen.

„Aua!“, rief sie laut, stolperte und fiel zu Boden!

Oje, eine große Kokosnuss hatte sie erwischt und aus einer kleinen Wunde tropfte etwas Blut.

Benommen blieb sie auf dem weichen Laub liegen.

Aufgeregt sprang die ganze Affenbande herbei und blickte besorgt auf die kleine Fee, die sich nicht rührte.

„Wo bin ich?", dachte die kleine Fee und richtete sich langsam auf, doch ihr war so schwindelig, dass sie ihre Augen schnell wieder schloss. Ihr tat der Kopf weh und vorn an der Stirn pochte es.
„Was ist denn mit mir passiert?", stöhnte sie. Da spürte sie eine weiche Hand auf ihrer Stirn.
„Bleib ganz ruhig liegen!", beruhigte sie eine sanfte Stimme. „Es ist nicht so schlimm! Das ist nur ein kleiner Riss und es gibt vielleicht eine Beule."
Die Kleine öffnete langsam ihre Augen. Sie schaute direkt in das gütige Gesicht einer Affendame, die sich lächelnd über sie beugte.
In Sorge um die kleine Fee bemerkte niemand, dass eines der Äffchen geräuschlos von einem Ast sprang, nach der Krone, dem Zauberstaub und den herumliegenden Armreifen griff und sich damit blitzschnell hinter einem Baum versteckte.
„Dich hat eine Kokosnuss am Kopf getroffen", erzählte die Affendame und nickte einem Affenmädchen zu, das neben der kleinen Fee hockte.
„Entschuldige, das war ich", sagte es zerknirscht und streichelte dem Feenmädchen vorsichtig die Hand. „Ich habe es nicht mit Absicht getan. Meine Geschwister und ich haben mit Kokosnüssen gespielt. Dabei habe ich danebengeworfen. Tut es noch weh?"
„Schon gut", flüsterte die kleine Fee. „Ist ja nur eine Beule. Wie heißt du denn?"
„Samantha", antwortete das Affenmädchen und lächelte erleichtert. „Und wie heißt du?"
„Ich ... äh ...", die Kleine schüttelte verwirrt den Kopf. „Ich weiß es nicht."
„Du kennst deinen Namen nicht?", fragte Samantha ungläubig. „Und woher kommst du?"
Die Fee dachte angestrengt nach. „Das weiß ich auch nicht", sagte sie verlegen. „Mein Kopf ist ganz leer."
Ratlos schaute Samantha zu der großen Affendame. Diese erklärte mit ruhiger Stimme: „Ich bin Moma, die Mutter dieser Affenfamilie. Du musst keine Angst haben. Wir werden uns um dich kümmern und herausfinden, wer du bist und woher du kommst."
„Das wird schon wieder", flüsterte Samantha aufmunternd.
„Wir bringen dich jetzt erst mal in unsere Tierklinik. Dort werde ich deinen Kopf verarzten", sagte Moma und lächelte sie freundlich an.
Sie und ihre Kinder hoben die kleine Fee auf eine Trage. Samantha hielt ihre Hand. Die kleine Patientin schloss die Augen, während Moma behutsam ein paar kühle Blätter auf ihre Beule legte.
„So, das wird dir guttun!", sagte Moma leise.

Kurz darauf erreichten sie die Klinik für verletzte Tierkinder. Wer laufen konnte, kam langsam näher: ein Zebra mit einem verstauchten Bein, ein Krokodil mit Zahnweh, ein Vogel mit Halsschmerzen und ein kleiner Löwe, der Bauchweh hatte. „Moma, wer ist das? Die hat ja Flügel!"
„Flügel?", wunderte sich die Kleine und schaute über ihre Schulter. Tatsächlich, an ihrem Rücken schimmerte ein Paar Flügel.
„Ja, ja, ich weiß, ihr habt viele Fragen", versuchte Moma die neugierigen Tierkinder zu vertrösten, „aber legt euch erst mal wieder hin, unsere neue Patientin braucht Ruhe."

Dann verarztete Moma den Kopf des Feenmädchens.
„So leid es mir tut", erklärte Moma später den anderen Patienten, „ich kann eure Fragen nicht beantworten. Sie weiß selbst nicht, wie sie heißt und woher sie kommt."
„Aber wenn sie schon hier bei uns ist, geben wir ihr wenigstens einen Namen", schnaubte das kleine Zebra. „Ab jetzt bist du für uns Swami!"
Das Feenmädchen nickte: „Ein schöner Name: Swami", dann schloss es müde die Augen und lauschte dem Rauschen der Blätter und dem Zwitschern der Vögel.

Dem Feenmädchen Swami ging es in der Tierklinik von Tag zu Tag besser. Samantha, das kleine Äffchen, schlief neben ihrem Bett. Sie war eine richtig gute Freundin geworden.
Moma schaute mit ihren Kindern jeden Tag vorbei und machte ihr einen neuen Verband. Die Schwellung war nach einigen Tagen deutlich zurückgegangen, die Wunde heilte gut. Und auch die Kopfschmerzen waren fast verschwunden.
„Na, Swami, wie geht es dir? Ist dir endlich wieder dein richtiger Name eingefallen?", neckte sie ein kleines Äffchen.
„Schsch, Ciko, sei nicht so frech!", ermahnte Samantha ihren Bruder.
Swami zwinkerte dem Äffchen zu und schüttelte ihren Lockenkopf – sie konnte sich immer noch nicht daran erinnern, wer sie eigentlich war. „Nennt mich ruhig Swami, der Name gefällt mir", sagte sie und setzte sich vorsichtig auf. Sie hielt es nicht mehr aus in ihrer Hängematte, denn sie

verspürte den Wunsch, sich nützlich zu machen. Sie wollte den anderen kleinen Patienten helfen. Also begann sie, Fieber zu messen, Verbände zu wechseln, Salben aufzutragen, den Puls zu fühlen, den vielen Patienten Mut zuzusprechen, sie zum Lachen zu bringen und zu trösten, wenn sie Schmerzen hatten.

Die kleine Fee versorgte die Tierkinder auch mit frischem Wasser, fächelte ihnen mit einem großen Blatt kühlende Luft zu und hielt ihnen die Hand. Die Arbeit in der Tierklinik machte sie sehr zufrieden, und alle Patienten freuten sich, wenn Swami bei ihnen war.

Es machte Swami glücklich, Geschichten zu erzählen und sich um alle zu kümmern, doch manchmal war sie traurig und grübelte: „Wie ist mein richtiger Name? Und wo komme ich her? Wie sieht mein Zuhause aus? Wer bin ich? War ich etwa früher auch eine Krankenschwester? Und gibt es irgendwo jemanden, der mich vermisst?“

Die Tage vergingen. Das große Rätsel, wer dieses Mädchen war, das sich an nichts erinnern konnte, beschäftigte auch Moma.
Also sprach die Affendame am Abend bei der Ratsversammlung der Tiere vor, die bei jedem Vollmond auf der großen Lichtung stattfand:
„Freunde, ihr alle kennt Swami. Das aber ist ein Name, den wir ihr gegeben haben. Noch immer erinnert sie sich nicht an ihren eigenen Namen. Aber jeder sollte doch wissen, wer er ist und woher er kommt."
„Also müssen wir ihr helfen", entschied der Löwe Kibongo. Alle Tiere nickten.
„Hat jemand von euch eine Idee, was wir für Swami tun könnten?", fragte Kibongo in die Runde.
Schon meldete sich Ginko, das vorlaute Nashorn:
„Moma, frag am besten Filou! An dem Tag, als du Swami gefunden hast, habe ich ihn hier gesehen. Er war ziemlich verwirrt und dann war er plötzlich fort."
„Filou?", brummte der Löwe und schaute sich suchend um. „Warum ist er nicht hier?"
„Ich habe da etwas gehört", schnaufte die zickige Krokodildame Koko, „Filou ist verliebt!"
„Was? In wen denn?", riefen die Tiere.
Der Löwe Kibongo brüllte: „Ruhe jetzt!", und schon bald hatten die Tiere einen Plan: Opardi, der schlaue Leopard, sollte Filou so schnell wie möglich finden und die Giraffe Baba Swami in ganz Tikitan herumführen. „Vielleicht sieht Swami etwas von oben, das sie an ihr Zuhause erinnert", erklärte der Löwe.

Am nächsten Morgen wurde Swami von Samantha liebevoll geweckt. Neben dem Affenmädchen stand die Giraffe Baba.
„Hab keine Angst, Kleine“, sagte Baba freundlich. „Wir machen heute einen Ausflug.“
„Heute habe ich gar keine Zeit für einen Ausflug!“, erwiderte Swami. „Pejo wartet dringend auf frische Wadenwickel und Lola braucht ihre Halstropfen.“
„Das hat doch Zeit!“, sagte Samantha energisch. „Du musst auch mal an dich selbst denken. Möchtest du denn nicht herausfinden, wer du bist? Baba zeigt dir heute Tikitan, vielleicht erinnert dich etwas an deine Heimat und deine Erinnerung kehrt zurück!“
Samantha nahm die kleine Fee an die Hand und sprang mit ihr auf den Giraffenrücken. Sie zeigte ihr, wie man an dem langen Hals hochkletterte, ohne abzurutschen.
„Halte dich gut fest, es wird etwas schaukeln“, mahnte die Giraffe und marschierte los. Sie zeigte Swami wunderschöne hohe Bäume, gewaltige Wasserfälle und riesige Seen, an deren Ufer Tausende von bunten Blumen blühten. Swami staunte. So etwas Schönes hatte sie noch nie gesehen!
Samantha hockte ganz nah bei Swami und beobachtete jede kleine Regung der Freundin. „Swami, erinnert dich etwas an dein Zuhause?“, flüsterte sie.
„Nein, alles ist mir fremd“, antwortete Swami traurig.
Enttäuscht kehrten sie mit Baba zu der Tierklinik zurück, wo sie Moma tröstend in ihre Arme nahm. „Nicht aufgeben, Swami, ich verspreche dir, wir finden einen Weg, um dein Rätsel zu lösen!“

In der Zwischenzeit hatte sich Opardi, der Leopard, auf die Suche nach Filou gemacht, aber er konnte ihn nirgends finden. Er wollte schon aufgeben, da sprang er noch einmal auf einen besonders hohen Ast und blinzelte in die Sonne. Zwischen den dichten Blättern entdeckte er Filou.

„Na also! Da ist ja der flotte Vogel", dachte er und wollte seinen Augen nicht trauen. „Da sitzt der Kerl in aller Ruhe in einem Baum und macht seiner Freundin schöne Augen."

Lautlos sprang Opardi auf einen noch höheren Ast und rief: „Filou, was treibst du hier, während dich der ganze Dschungel sucht und deine Hilfe braucht?"

„Mich?", fragte Filou verdattert. „Wofür braucht ihr meine Hilfe?"

„Du bist gestern nicht zur Versammlung erschienen, sonst wüsstest du, was wir von dir wollen!"

„Oje", dachte Filou zerknirscht, „das bedeutet nichts Gutes."

Er fühlte sich nicht wohl in seiner Haut, auch weil er die Versammlung des Tierrates wieder mal geschwänzt hatte. Also nahm er all seinen Mut zusammen und fragte: „Was ist der Grund für die ganze Aufregung? Worum geht es?"

„Es geht um Swami, ein unbekanntes kleines Feenmädchen bei uns im Dschungel. Sie ist verletzt und hat ihr Gedächtnis verloren. Kannst du uns vielleicht mehr darüber sagen?"

Filou machte ein verlegenes Gesicht. „Oh nein, ihr geht es nicht gut? Die Ärmste! Ich habe sie vollkommen vergessen und den Tierrat auch – alles, weil ich nur noch meine Freundin im Kopf habe."

„Kennst du die Kleine, weißt du, woher sie kommt?", fragte Opardi ungeduldig. „Das arme Kind kann sich nämlich an nichts erinnern."

„Oje, das tut mir leid", antwortete Filou mit leiser Stimme. „Ich werde ihr helfen! Natürlich! So was Blödes, ich hätte sie nicht einfach allein lassen dürfen ... das war wirklich nicht sehr gastfreundlich von mir. Aber ich werde meinen Fehler wiedergutmachen. Und ich habe auch schon eine Idee! Also lass mich nur machen und beruhige dich! Los, Florina, dieses Mal kommst du mit!"

Und unter dem verblüfften Blick des Leoparden setzten Filou und Florina sich auf, streckten die Flügel und schwangen sich in die Luft.

„Wohin wollt ihr denn?", fragte Opardi verdutzt, doch die beiden Vögel waren schon zwischen den Blättern verschwunden.

Opardi wurde von allen Tieren ungeduldig erwartet. „Hast du Filou nicht gefunden? Wo steckt denn der Kerl? Was machen wir jetzt?", riefen alle durcheinander.

„Beruhigt euch", knurrte der Löwe. „Schaut lieber mal nach oben!"

„Was ist das denn?", wunderte sich Moma. Auch alle anderen Tiere blickten erstaunt in den Himmel. „Ein neuer Patient?"

Mit lautem Flügelschlagen flogen Filou und Florina über ihre Köpfe hinweg. Beide hatten jeweils ein Ende eines Stoffbündels im Schnabel. Sie drehten gemütlich eine große Runde und landeten dann sanft mitten im Kreis der Tiere.

„Alle mal herhören!", meldete sich Filou stolz zu Wort und plusterte dabei seine schönen bunten Federn auf. „Wir haben einen guten Freund von Swami ... äh ... ich meine Prinzessin Lillifee ... aus ihrer Heimat Rosarien hergebracht, den sie vielleicht wiedererkennt."

„Und dann kommt hoffentlich ihr Gedächtnis zurück!", brummte der Löwe zufrieden.

Völlig verängstigt krabbelte der weit gereiste Freund von Swami aus dem Stoffsack. Die Dschungelbewohner betrachteten ihn aufmerksam.

„Ein rosa Schwein?", quiekte Pisella, das Pinselohrschwein, begeistert und beschnupperte neugierig Pupsis weiche Borsten. Dann schenkte sie ihm ihr schönstes Lächeln.

„Ich muss sofort Swami holen!", ging es Moma durch den Kopf. Mit Samantha lief sie, so schnell sie konnte, zur Tierklinik.

„Was ist denn mit euch los?", fragte Swami, die gerade ihre Tierpatienten mit frischem Wasser versorgte.

„Jetzt wissen wir endlich, wie du heißt und woher du kommst. Ist das nicht toll?", keuchte Moma.

„Wie heiße ich denn und woher komme ich?", fragte Swami und strich sich eine Haarsträhne aus ihrem verschwitzten Gesicht.

„Du bist Prinzessin Lillifee! Und kommst aus Rosarien!", antwortete Samantha strahlend.

„Lillifee? Rosarien? Kenne ich nicht!", antwortete Swami, drehte sich um und kümmerte sich weiter um den kleinen Vogel Lobo und seinen geschwollenen Hals.

„Ach, Swami! Äh ... Lillifee!", seufzte Moma, nahm sie an die Hand und zog sie hinter sich her zum Versammlungsplatz.

„Lillifee!! Du bist es wirklich!", rief Pupsi, als er sie von Weitem entdeckte.

Die kleine Fee zögerte einen Augenblick, dann schoss es ihr wie ein Blitz durch den Kopf: „Oh, Pupsi, mein allerbester Freund! Jetzt weiß ich wieder, wer ich bin: Prinzessin Lillifee aus Rosarien!"

Mit einem lauten Jauchzer liefen beide aufeinander zu und umarmten sich.

Die Freude der Tiere war riesig. Nur der kleine Affe Pipo machte ein enttäuschtes Gesicht. Der kleine Dieb war sich sicher, dass er jetzt die glitzernde Krone, die Armreifen und auch den Zauberstab zurückgeben musste.

Pipo verließ sein Versteck und schlich mit gesenktem Kopf zur Lichtung. Er stand nun direkt hinter Lillifee und zog schüchtern an ihrem Rockzipfel.

„Hier, Lillifee, das sind deine Sachen. Ich hab sie mir nur ausgeliehen. Und sie passen wohl auch besser zu dir, einer echten Prinzessin!“

„Ach, Pipo“, sagte Prinzessin Lillifee, „es stimmt, in Rosarien bin ich Prinzessin Lillifee, aber hier bin ich Swami! Und wenn dir die Krone und der Armreif so gut gefallen, schenke ich sie dir.“

Pipo strahlte vor Glück. Da bemerkte Prinzessin Lillifee ihre Freundin Samantha, die scheu im Abseits stand und etwas traurig schaute. Schnell zog Lillifee ihren glitzernden rosafarbenen Rock aus und ging mit ausgestreckten Armen auf Samantha zu: „Samantha, meinen Rock schenke ich dir!“

Mit einem strahlenden Lächeln drückte Samantha den rosafarbenen Rock fest an sich: „Oh, danke, Lillifee! Wusstest du, dass ich dich um diesen Rock die ganze Zeit beneidet habe?"

„Bist du dir sicher, dass du all diese schönen Sachen verschenken möchtest?", fragte Moma vorsichtig.

„Ganz sicher! All das brauche ich hier nicht!", antwortete Lillifee bestimmt.

Da nickte Moma und sagte mit einem Lächeln in der Stimme: „Lillifee, du hast in all den Tagen hier bei uns den kranken und verletzten Tieren geholfen, ganz ohne Zauberstab und Magie, und hast allen Tieren des Dschungels bewiesen, dass du auch ohne Krone eine gute Prinzessin bist, weil du ein so großes Herz hast!"

Pupsi staunte: „Deinen Lieblingsrock willst du wirklich hergeben, Lillifee?"

„Ach, Pupsi", lächelte Lillifee, „zu Hause in Rosarien habe ich doch genug zum Anziehen!"

Pupsi nickte. „Verstehe – und wann kehren wir endlich nach Hause zurück?"

„Du hast recht. Es wird Zeit", antwortete Prinzessin Lillifee, „mir geht es schon viel besser. Ich werde mich noch von allen verabschieden und dann fliegen wir zurück!"

„Halt, halt, Lillifee! So schnell geht das nicht!", meldete sich Moma zu Wort. „Wir haben für dich ein Festessen vorbereitet, damit du auch wirklich gut bei Kräften bist während des langen Rückflugs."

„Wie lieb von euch!", freute sich Lillifee und bald saß sie von allen umringt am Lagerfeuer.

„Lillifee, erzähl uns mehr von Rosarien, dem Blütenschloss und den Tieren, die dort leben!", drängelten die Dschungeltiere. Nur Pupsi langweilten die vielen Geschichten von Rosarien. Das fröhliche Lachen, der Gesang und die Trommeln störten ihn allerdings nicht. Denn Pupsi war schon längst laut schnarchend eingeschlafen.
„Was ist mit deinem Freund, ist er etwa krank?", fragte Pisella, das Pinselohrschwein, besorgt und deckte Pupsi mit einem großen Blatt zu.
„Keine Sorge", beruhigte sie Prinzessin Lillifee und lachte, „Pupsi träumt einfach nur gern von Rosarien und Erdbeertörtchen mit Sahne."